Schnüffelschwein

ist immer hungrig.
Mit seinem feinen Rüssel
erschnüffelt es jedes Monster.
Aber auch ganz gut Torte.

Monsterhandy

fotografiert auch unsichtbare Monster,
Gespenster und Geister.

MONSTERJÄGER-CLUB
Wir finden jedes Monster.
Geister und Gespenster
verjagen wir auch!

Griselda Graus

hat eine Geisterbahn geerbt –
und ein großes Problem:
Einige Monster sind echt!

Weitere Informationen zum Kinder- und Jugendbuchprogramm
von Fischer Sauerländer auf www.fischer-sauerlaender.de

3. Auflage 2025
Erschienen bei Fischer Sauerländer

© 2022, Fischer Sauerländer GmbH,
Hedderichstr. 114, 60596 Frankfurt am Main
Die Nutzung unserer Werke für Text- und Data-Mining
im Sinne von § 44b UrhG behalten wir uns explizit vor.

Fachberatung Ulrike Holzwarth-Raether
Umschlagkonzept: Maria Seidel, www.atelier-seidel.de
Umschlagabbildung: Alexander von Knorre
Gestaltungskonzept und Satz: Michelle Vollmer, Mainz
Druck und Bindung: Grafisches Centrum Cuno GmbH & Co. KG, Calbe
ISBN 978-3-7373-5926-9

Kontaktadresse nach EU-Produktsicherheitsverordnung:
produktsicherheit@fischer-sauerlaender.de

Der Monsterjäger-Club

Die Geisterbahn von
BAD MURKS

THiLO

mit Bildern von Alexander von Knorre

FISCHER SAUERLÄNDER

Ein neuer Auftrag für die

MONSTERJÄGER

Emilia und Max sehen wie
ganz normale Kinder aus.
Aber in Wirklichkeit sind sie Monsterjäger.
Ihr Opa hat ein Monsterhandy erfunden.
Damit kann man auch unsichtbare
Monster und Gespenster fotografieren.
Gerade macht Max ein Foto von der Straße.

Wie viele Monster sind hier unterwegs?

„Sieben Monster sind in unserer Straße!",
ruft Emilia aufgeregt.
„Das müssen wir sofort Opa erzählen!"

Max und Emilia laufen zu ihrer Zentrale.
Es gibt nämlich noch zwei Monsterjäger:
Opa und Schnüffelschwein.
Die Tür vom Schuppen ist verschlossen.
Opa hämmert gerade und hört sie nicht.
Wo ist bloß der Ersatzschlüssel?

Max nimmt dem Gartenzwerg
den Schlüssel ab.
Opa bastelt an einer Maschine herum.
„Hier ist meine neuste Erfindung", ruft er.
„Der Monsterbläser!"
Das Ding sieht aus wie ein Fön.
Aber es vertreibt jedes Monster
und jeden Geist.
Das verspricht Opa ganz fest.

Emilia und Max setzen sich auf das Sofa.

Da klopft es an der Tür.

„Herein, wenn es kein Monster ist!",

ruft Opa.

Eine alte Dame kommt herein.

„Seid ihr die Monsterjäger?",

fragt sie verwundert.

Max nickt. „Opa ist der Chef", sagt er.

„Emilia und ich vertreiben die Monster.

Und Schnüffelschwein findet sie."

Max blickt sich um.

Wo ist Schnüffelschwein denn bloß?

Emilia nimmt Schnüffelschwein
auf den Arm.
Sie hat sein Ringelschwänzchen
im Schrank gesehen.

„Mein Name ist Griselda Graus",
redet die Dame weiter.
„Ich habe eine Geisterbahn
in Bad Murks geerbt."
Emilia und Max finden das toll.
Aber Griselda ist ganz verwirrt.

Den Blumentopf, Skistock und Wecker
hätte Griselda zu Hause lassen können.
Außerdem fehlt ihr ein Stiefel
und der Mantel ist falsch rum!

„Was ist denn mit der Geisterbahn?",
fragt Opa nach.
„Nicht alle Monster sind Puppen",
flüstert Griselda Graus.
„Einige sind echt!"
„Emilia, Max und Schnüffelschwein
werden sie verjagen", verspricht Opa.
Emilia nimmt das Monsterhandy mit.
Max bekommt den Monsterbläser.
Und Schnüffelschwein eine Möhre.
Dann gehen sie los, bis auf Opa.
Der bleibt im Schuppen und werkelt weiter.

Lauter UNFUG

GEISTER BAHN

GRUSEL SCHOCKE

HORROR SHOW

Emilia, Max und Schnüffelschwein
stehen vor der Geisterbahn.
Sie beobachten alles.
Eine fröhliche Familie steigt in den Wagen.
Emilia macht schnell ein Foto.
Zehn Minuten später
kommt der Wagen wieder.
Emilia fotografiert sie noch einmal.
Die ganze Familie ist kreidebleich.
Was ist passiert?

KASSE

1€

„Dem Vater fehlt der Hut,
dem Jungen die Zuckerwatte
und das Halstuch der Mutter ist weg.
Dafür ist der Luftballon vollgekritzelt",
stellt Emilia fest. Max nickt.
„Das waren sicher die Monster", glaubt er.

„Jetzt machen wir eine Fahrt."
Schnüffelschwein grunzt.
Griselda gibt den Monsterjägern
noch die Schlüssel
für die verborgenen Räume mit.
Max will einsteigen.
Da fällt ihm der Monsterbläser
unter die Bahn.
Verflixt, wo ist der hin?

Der Monsterbläser war hinter
einen Luftballon gefallen.
Jetzt hält Emilia ihn aber ganz fest.

Die drei steigen in einen Wagen.
Dann fährt die Geisterbahn los.
Gerippe rasseln mit ihren Knochen.
Aber das sind nur Puppen.
„Festhalten!", ruft Emilia plötzlich.

Mit einem Ruck
bleibt der Wagen stehen.
Ein Monster hat
auf den Notfallknopf gedrückt.
„So leicht kann man Monsterjäger
nicht stoppen!", ruft Max.
Er geht zu dem Kasten.
Puh, sind das viele Knöpfe.

25

Max hat den roten Knopf gedrückt.

Nebel gibt es hier drin nicht

und das Licht ist noch an.

Richtig, die Bremse war's!

Der Wagen fährt wieder los.

Aber ohne die Monsterjäger.

Denn ihnen ist eine Tür aufgefallen.

Schnüffelschwein grunzt.

„Du glaubst, dahinter sind die Monster?",

fragt Emilia.

Zum Glück hat Emilia

den Schlüsselbund von Griselda dabei.

Der Schlüssel mit dem Totenkopf passt.

Knarrend öffnet sich die Tür …

Der Raum dahinter ist kühl.

Es riecht muffig.

Schnüffelschwein quiekt aufgeregt.

Es sind also Monster in der Nähe.

Plötzlich fällt hinter ihnen die Tür zu.

MONSTERJÄGER
haben keine Angst!

Max, Emilia und Schnüffelschwein
sind im Lager der Geisterbahn.
In der Dunkelheit leuchten ein paar Augen.

„Spart euch die Mühe!",
ruft Emilia.
„Monsterjäger haben keine Angst!"
Dann macht sie das Licht an.
Das ganze Lager ist voll
mit Monsterfiguren.

Juhahaha

Hihihihihi

Hui
Bu

Huhu

Har-Har

Die Monster verraten sich selbst.

So ängstlich sind sie!

Eins heult, eins schwitzt,

eins hält sich die Augen zu,

eins zittert und eins pfeift.

Langsam holt Max

seinen Monsterbläser hervor.

Doch da schleudert ein Monster ihm

einen Karton entgegen.

In dem Karton sind Spinnen aus Gummi.

Ihre Beine bleiben überall kleben.

Als sich die Monsterjäger befreit haben,

sind die Monster schon weggelaufen.

„Hinterher!", ruft Emilia.

Welchen Weg müssen die Monsterjäger nehmen ?

Die Monsterjäger nehmen
die unterste Schiene und laufen
bis zum Ende des Gangs.
Doch die Monster sind alle verschwunden.
„Verflixt!", ruft Max.
Auch Schnüffelschwein riecht sie nicht.
Plötzlich lacht Max.
„Ich weiß, wie wir sie anlocken!", glaubt er.
„Wir brauchen nur 50 Cent!
Und die hab ich."

35

Kaum hat Max Zuckerwatte gemacht,
sind alle fünf Monster wieder da.
„Wir verschwinden aus der Geisterbahn",
schmatzt das dickste Monster.
„Aber dafür musst du uns
beim Würfeln besiegen."
Sie gehen zu einem großen Tisch.
Jeder bekommt drei Würfel.
„Vierzehn!", sagt Emilia.
Das Monster lacht.
„Gewonnen! Ich habe zwanzig!", ruft es.
„Das Spiel ist ungültig!", ärgert sich Emilia.

Die Monster haben geschummelt!

Mit drei normalen Würfeln

kann man keine zwanzig werfen!

Dreimal sechs ist achtzehn.

Nun wird es Max zu bunt.

Er pustet die Monster

mit dem Monsterbläser vor sich her.

Sie wirbeln in die Abstellkammer.

Die ist voller

Kisten.

„Wo sind sie jetzt

schon wieder?",

fragt Emilia.

Wie sollen sie

die Monster jetzt finden?

39

GUTE REISE!

Die Kiste ganz oben links
war als Einzige offen.
Ruckzuck hat Emilia sie zugenagelt.

Griselda Graus hat das Hämmern gehört.
Schnell kommt sie angerannt.
Die Monster sind besiegt.
Überglücklich malt sie ein großes M
auf die Kiste – M wie Monster.
„Ich weiß schon, wem ich die schicke!",
kichert Griselda. Doch vor Aufregung
hat sie die Buchstaben vertauscht.

In welches Land schickt Griselda die Kiste?

Zwei Tage später kommt Griselda Graus
noch einmal in Opas Garten.
„Die Kiste habe ich nach Amerika
geschickt – genau genommen
in die USA", verrät sie.
„Meine Schwester Grunila
kann Monster gut gebrauchen."
Griselda hat eine riesige Torte dabei.
Obendrauf sind drei Figuren aus Marzipan:
Emilia, Max und Schnüffelschwein.
„Griselda, du hast Opa vergessen!",
bemerkt Emilia.
„Er ist doch auch ein Monsterjäger."
Opa lacht.
„Nein, Griselda hat mich nicht vergessen."

„Schweinchen hat mich eben
zum Fressen gern!",
sagt Opa schmunzelnd.
Alle lachen.
Und was machen die Monster?

Die haben

ein neues Zuhause gefunden.

Dort werden sie schnell ganz berühmt.